그대는 눈꽃 앞에서 그냥 아름다우시면 됩니다

나답게 사는 시 002

그대는 눈꽃 앞에서 그냥
아름다우시면 됩니다

지은이 | 하청호
펴낸이 | 一庚 張少任
펴낸곳 | 돌설 답게
초판 인쇄 | 2021년 5월 20일
초판 발행 | 2021년 5월 25일
등 록 | 1990년 2월 28일, 제 21-140호
주 소 | 04975 서울특별시 광진구 천호대로 698 진달래빌딩 502호
전 화 | (편집) 02)469-0464, 02)462-0464
         (영업) 02)463-0464, 02)498-0464
팩 스 | 02)498-0463
홈페이지 | www.dapgae.co.kr
e-mail | dapgae@gmail.com, dapgae@korea.com
ISBN 978-89-7574-327-6
ⓒ 2021, 하청호
나답게·우리답게·책답게

나답게 사는 시 **002**

그대는 눈꽃 앞에서 그냥
아름다우시면 됩니다

하청호 시집

도서
출판 **답게**

하 청 호

《현대시학》시 추천(76) 및 매일신문, 동아일보 신춘문예 동시 당선(72)

세종아동문학상, 대한민국문학상, 방정환문학상, 윤석중문학상, 박홍근아동문학상, 대구광역시문화상(문학) 등을 수상했다.

시집 『새소리 그림자는 연잎으로 뜨고』, 『다비茶毘노을』, 『나는 아직도 그리움을 떠나보내지 못했다』.

동시집 『빛과 잠』, 『잡초 뽑기』, 『어머니의 등』, 『말을 헹구다』, 『나에게 우체국 하나 있네』 등이 있다.

현재 한국문인협회 부이사장, 한국아동문학인협회 자문위원을 맡고 있다.

2부 물들고 싶은 시詩

3부 숨결을 찾는 시詩

얼룩이 있는 사람이 사람답다

얼룩은 대체로 부정적으로 느끼지만, 가끔은 인위적인 것보다 자연스러운 미적 감흥이 있다. 그림을 그리는 아이들의 얼굴에 묻은 귀여운 얼룩, 페인트공의 옷에 색색의 얼룩, 조리사의 치마에 묻은 얼룩을 보면 지저분하기보다 노동의 흔적이 귀하게 보인다.

우리네 마음에도 얼룩이 있다. 짐작하건대 색으로 치면 주로 회색과 검푸름이 아닐까. 묵중함이 있고 고통이 배어나오는 색이다. 얼룩은 강한 정신적, 신체적 충격에서 온다. 따라서 신산한 삶이 묻어 있다.

마음의 얼룩은 그리운 아픔의 흔적이다. 때론 아름답고 즐거운 것도 있지만 어떤 얼룩은 시간이 지남에 따라 생채기가 되어 깊게 파고든다.

나의 시는 이러한 삶의 얼룩이다. 들추면 결코

아름답지 않지만, 지우지 않고 간직했다. 그 까닭은 빠르게 흘러가는 시간 속에서 나를 깨어있게 했다. 삶에 묻어 있는 수많은 얼룩들, 결코 잊을 수 없는 심상을 시적 그리움으로 나타냈다.

앞으로 얼룩 위에 또 얼마나 얼룩을 덧댈지 알 수 없다. 희구하는 것은 더 이상 얼룩이 생기지 않았으면 한다. 왜냐하면 내 삶에 묻어 있는 얼룩만 해도 감당하기엔 벅차기 때문이다.

뭇사람은 아픔과 고통도 시간이 지나면 잊힌다고 했다. 틀린 말이 아니다. 그러나 잊힐 수는 있지만 마음의 얼룩마저 지울 수 없다. 즐겁고 행복한 일은 얼룩으로 잘 남지 않는다. 가슴 에이는 일이 주로 남는다.

우리는 얼룩을 잊지 않는 사람과 잊은 사람이 있음을 기억한다. 어느 쪽이 현명한지 판단할 수 없지만, 분명한 것은 얼룩이 있는 사람은 그것을 되짚으며 자신을 성찰한다는 것이다.

나는 이러한 얼룩을 지금까지 놓지 않고 살아왔다. 이 시집은 그냥 묻히는 것이 아쉬운 얼룩을 들추어 시의 그릇에 담았다. 독자에게 얼마나

위안이 될지 알 수 없지만, 그리운 아픔의 얼룩을 시의 행간에서 찾아주면 고맙겠다.

　얼룩이 있는 사람에게 이 말을 하고 싶다. '얼룩이 있는 사람이 사람답다.'

2021년 봄날에

1부 나답게 사는 시詩

말을 놓았다

긴 겨울밤
말을 놓았다
말도 때론 쉬어야한다
어둠 속으로 가라앉는 말
말을 놓으니
소리가 찾아왔다
입은 닫히고
귀가 트였다

말 없는
하문下問

눈물 읽기

눈물을 읽는다
눈물은 몸의 말이다
눈물을 읽는다는 것은
마음을 여는 것이다
아무 소리 없어도
그렁그렁한 눈 속에서
툭! 떨어지는 말을
가슴에 뜨겁게 담아야한다
누구의 눈물을 읽으려면
눈물에 아파봐야한다
가슴 찢고 배어나오는 눈물이
내 눈물을 찢는다는 것을

참으로 사랑한다면
눈물의 말을 읽어야한다

그늘을 사랑했네

나는 그늘을 사랑했네
짙고 넓은 그늘을 사랑했네
그늘로 그늘 있는 것을 불렀네
그늘 없는 것도 불렀네
그늘은 공간을 조금씩 나누어 주었네
쏟아지는 땡볕에 맞선
맨살의 가쁜 숨 때문이네

나의 그늘은 볼품없지만
어떤 그늘도 빌려오지 않았네
나만의 그늘다운 그늘을 만들었네
그림자 없는 그늘이 되고 싶네
그늘 품에 있다는 것을
언젠가는 잊게 하고 싶네

설중매

설렘으로 오는 눈은
애틋한 부름의 손짓입니다
혹한에 맞선 붉은 뺨
차마 덮을 수 없습니다.

고결한 꽃향기
여린 꽃잎엔 범접할 수 없는
차가운 아름다움

차라리 하얀 눈꽃으로
꽃가지에 슬쩍 내려
없는 듯 뒤에 서 있겠습니다

그대는 눈꽃 앞에서
붉디붉은 모습으로
그냥 아름다우시면 됩니다

훔쳐보기

오늘도 훔치려 나가네
삶을 훔치고
때론 자연을 엿보고
그 속에 있는 생각도 훔치네
모아 모아 언어로 짜네
제대로 숨 쉬는지
나는 아직 알 수 없네

오늘도 저잣거리에서
존재의 의미를 읽으며
훔쳐볼 것이 없나
무딘 생각을 벼리네

누가 스스로 와서
무겁게 말하네
이왕 훔쳤으면 놀람으로
나답게 쓰라 하네

물에게

잔잔히 흐르는 물에게 말하노니
잔잔함은 안식이 아니라
스스로를 병들게 하고 있나니

그 물길에 커다란 돌 몇 개를
갖다놓아라
그대는 돌에 부딪치고 깨어지며
흰 거품 물고
푸른 멍들며 흘러가리니
숨죽였던 속울음도 되살아나리니

그리하여 그대의 삶은 정화되고
활력을 가질 테니
삶의 물길에 놓인 커다란 돌들을
끝내는 사랑하게 되리니

얼룩

흰 드레스 셔츠에 묻은
검은 짜장면 얼룩
상아색 블라우스에 떨어진
붉은 짬뽕 얼룩
얼룩은 뭇 시선을 끌어당긴다
사람은 사람을 보지 않고
얼룩을 본다
보고도 못 본 체한다

마음에도 얼룩이 있다
힘들고 아픈 깊은 생채기의
얼룩이 있다
얼룩을 묻고 사는 사람이
얼룩을 위로해 준다
얼룩이 있는 사람이 사람답다

안면근육이 무디다

나는 안면근육이 무디다
내 삶에 크게 웃는 것은
아린 사치였다
그래서 잘 웃지 못한다
어쩌다 누가 겁 없이 웃기면
웃는 것이 아니라
얼굴이 일그러지고 눈물이 난다
나는 지금까지
환히 웃는 근육을 키우지 못했다
이젠 나답게 한바탕 웃고 싶다
눈물이 나도 말이다

맛의 깊이

맛에도 깊이가 있다
오래된 장맛이 주는 아득함
깊은 맛에는
바람과 햇빛의 깊이가 있고
인내의 깊이가 있고
간절함의 깊이가 있다

맛의 깊이는
켜켜이 쌓인 전통과
묵은 삶의 깊이다

미스김라일락꽃

미스김라일락꽃 피었네
양장의 미스 김이
타이프로 꽃향을 치고 있네

수수꽃다리꽃 피었네
골목길 돌아가는 물동이에
아가씨의 분내가 찰랑이네

먼 나라의 미스김라일락꽃
이름은 바뀌어도
보랏빛 향은 잊지 않았네

노모의 잠

노모의 잠든 얼굴과 손등에
갈색과 검은색의 얼룩이 있다
저 얼룩이 얼굴과 손등으로
배어나오기까지
가슴 밑 푸른 심연에는
얼마나 더 큰 얼룩이 잠겨있었을까
가슴 철렁였던 수많은 날들
피멍 든 자국일 테니

노모의 잠은 너무 깊어 어둡다
잠긴 얼룩의 무게로
몸은 미동도 하지 않는다
내가 할 수 있는 일은 그저
잠을 끌어와 덮어주는 일이다

아버지의 밥그릇

아버지의 밥그릇은
바로 아버지였다
어머니는 아버지의 밥그릇을
당신 대하듯 했다
저녁이면 구둘목은
아버지의 밥그릇 자리였다

문풍지 떠는 늦은 밤
-사르륵 사르륵 눈 쌓이는 소리
어머니는 연신 마당 끝으로
귀가 걸리는데
-삐꺽, 사립문 소리
어머니는 그제야 미소를 꺼내고
구둘목 밥그릇은
마지막 온기를 퍼 담는다

2부 물들고 싶은 시詩

살맛나는 세상

살맛나는 세상을 만들겠습니다

입맛도 맞추고
손맛도 맞추고
말맛도 맞추어야지요

그러나
죽을 맞은 제게 주셔야지요
그건 제가 맞추겠습니다.

돌침대 위에서 잠들다

눈바람 찬 이른 아침
지하도에서 노숙자가 잠을 잔다
돌바닥에는 잠도 떨고 있다
낡은 담요는 겨우
얼굴과 배의 잠만 덮고 있다
몸은 안다
발보다 얼굴을 덮는 것은
숨 쉴 때 내뱉는
적은 온기마저 거둔다는 것을

바쁜 행인의 냉소적으로 하는 말
- 저 사람 돌침대 위에서 자네
내뱉은 말에 오늘이 깨졌다

새물내

처음 그에게 안겼을 때
코 속을 맴도는 것은
상큼한 새물내였다

눈부시게 그리울 때면
마지막으로 손질한 사랑을 꺼낸다
그때 입었던 옷
그 냄새, 새물내에 잠긴다

새물내는
그를 찾아가는 길잡이다
새물내 끝에는
젖은 내가 있다

마지막 빛을 잡지 못하겠네

태어남은 빛의 세계로 초대받은 것

이제 잔치는 끝났네

한 사발 쓴 약물을 마셔도

스러지는 저 빛, 노을을 잡지 못하겠네

누가 어둠 속에서 등불을 비추네

쓰나미로 오는 어둠이 어둠을 삼키네

울음으로 풀리는 노을,

지나온 시간의 다비식이 한창이네

그대나무

아그배나무 한 그루 심었지요
그대나무라 했지요
나무는 신나게 자랐어요
관심은 나무를 춤추게 하니까요
꽃이 피면 봄빛이 호들갑스럽지요
벌들이 꽃잎 속을 긴 입으로 헤집으면
괜히 얼굴이 붉어졌지요

그대는 한 번도 보지 못한
아그배나무를 심었지요
때로는 시가 되고
때로는 노래가 되었지요
그런데 어느 날 문득 알았어요
그대의 시와 노래가
아그배나무를 춤추게 하고
열매를 붉게 물들이는 것을요

고향 빈집

저녁 답에 쇠죽 끓는 소리
정지*에서 무쇠 솥뚜껑 여는 소리
이제 이 소리는 고단함을 벗어
아무도 무쇠 솥을 부르지 않는다
침묵이 솥보다 무겁다

무심코 솥뚜껑을 열어보니
솥 안에 소리가 웅크리고 있었다
순간 어머니의 쉰 목소리도 튀어나와
아궁이에서 타닥 탁 불티로 일었다
부엌 벽에 있던 검은 불의 흔적이
매캐하게 일렁거렸다

* 정지: 부엌의 경상도 방언.

젖은 사랑

오랜 장마 끝에
햇빛이 눈부시네
오늘은 젖었던 날들을
널어 말리네
풀잎도, 꽃도, 나무도
해바라기 하네

시린 슬픔도 꺼내 널어놓네
젖은 사랑도 말리네
바람이 재빨리 다가와
남은 그리움을 걷어가네

오늘 하루라도
빛나는 슬픔이면 좋겠네
마른 사랑이면 좋겠네

바다에 메밀꽃 피다

바다에
하얀 메밀꽃* 피다
꽃 더미로 피다

부딪치는 물결에
활짝 피었다가
소리로 부서지다

달빛에 둥둥 뜬
하얀 꽃잎들
푸른 파도에 수놓다

저 바다가 숨겨둔
님 그린 메밀꽃
오늘도 기다림에 겨워
홀로 피고 지다

* 메밀꽃: 파도가 일었을 때 하얀 포말을 뜻하는 옛말.

말을 동이다

사랑한다는 말
여러 개 동여 말다발을 만든다
위로하는 말도 한-두 개 끼워
말의 색을 맞춘다

축하한다는 말
여러 개 동여 말다발을 엮는다
장미다발에 안개꽃처럼
애썼다는 말도 하나 곁들인다

그대 서럽고 아플 때
기쁘고 힘들 때
말다발의 향기로 포옹한다
외진 그대 문을 열어
마음과 마음도 동인다

흰 눈의 속임

밤눈이 내린다
은밀한 속삭임으로 온다

온갖 더러운 것
나쁜 것
흰빛으로 덮어버린다

하얀 눈 세상
즐거운 감춤이다
아름다운 눈속임이다

해가 뜨면
곧 드러날 것들

흰 눈에
밝은 눈이 멀고
귀가 먹었다

보자기 경전

보자기는 경전이네
어떤 글자도 보이지 않지만
보자기는 그대로 경전이네

둥근 것은 둥근 대로
네모난 것은 네모난 대로
제 모습으로 읽히는 보자기
제 품보다 크면
한쪽을 틔워 포용하는
그런 보자기

때로는 기쁨과 슬픔도,
성냄과 아픔도 감싸주는 보자기
보자기는 말씀의 경전이네
보이지 않는 글을
현자가 무심으로 읽고 가네

솜을 탄다

묵은 솜을 탄다
세월에 뭉쳐지고 눌린
누런 솜을 탄다
빛바랜 날들이
깃털처럼 일어난다

화산댁의 짓눌리고
한스런 세월도 탄다
꽃잠을 누비는 바느질 소리
하얀 솜이 곱다
보송한 솜털의 얼굴이
토담 너머 언뜻 보인다

3부 숨결을 찾는 시詩

금

금을 긋는다

함부로 나올 수 없는 금
함부로 들어갈 수 없는 금
땅 위에 금 긋기보다
너와 나, 우리 모두
마음에 먼저
형벌 같은 금을 긋는다

'코로나19'가 새겨놓은
지워지지 않는 금
푸른 문신으로 박혀
움직일 때마다 꿈틀대는
깊고 아린 금

미친 봄날

작약 꽃이 활짝 피었다
경쾌한 연주가 봄들을 들썩인다
윙-윙 대는 벌들은 겹겹이 핀
꽃잎 속을 헤집고
박수 소리, 환호성이 꽃을 달군다
들어 올린 무용수의 둥근 캉캉치마
절정의 붉은 꽃이다
춘정이 난분분하는
미친 봄날이다

기와집이 아름다운 것은

큰 기와집에서
지붕과 대들보와 주춧돌이
얘기를 나눠요

-대들보야, 지붕이 너무 무겁지
-괜찮아, 기둥이 받쳐주고 있거든

기둥이 말했어요
-나도 견딜 만해
주춧돌이 받쳐주고 있거든

지붕은 너무 고마워서
무게를 조금이라도 덜어주려고
추녀를 살짝 들어 올렸어요

지붕의 아름다운 마음이
기와집의 멋진 곡선이 되었어요

입맞춤

입맞춤은
마음을 맞추는 것이다
감미로운지
설레는지
때론 아득한지

무엇보다 귀한 것은
서로를 허무는 것이다

사랑도 허문 자리에
새살로 돋는 것이다

불멍

아궁이에 타는 불을 보고 있으면
아무 생각이 없다
그냥 불타는 것을 멍하니 본다
시쳇말로 멍 때리는 것이다
이제야 알겠다
지난날, 어머니는 걱정스러운 일이 있으면
슬그머니 일어나
부엌에서 불을 지피는 것을
매운 연기에 눈물을 흘리면서도
그냥 그렇게 있는 것을

오늘 불타는 아궁이 앞에 있다
어머니가 슬그머니 내 곁에 앉는다
애비야, 힘들지!
환청인가, 탁탁 불꽃 튀는 소리

군불 때기

눈빛이 식어갈 때
군불을 땐다
하얀 자작나무로 숨을 데운다

숨이 데워지면서
자작
자작
마주 다가오는 소리

자작나무는 제 몸의 열기로
걸음을 재촉한다

사랑별 하나
두 사람의 눈 속에
꽃길을 연다

종이에 베이다

새 책을 읽다가
부드러운 종이에
손을 베었다

칼날같이 벼린 말씀
종이에
숨어 있었다

개화성

꽃잎 열리는 소리 들으려
도라지 밭에 갔네
초여름 햇살에
한껏 팽팽한 꽃봉오리

하마나 하마나

기다리다 지쳐 돌아서는데
여기서 뽀옥-
저기서 뽀옥-
꽃잎 열리는 소리

닫힌 자궁의
빗장 여는
소리를 들었네

구겨진 시트

그대와 자던
안방을 비워놓고
서재에서 잠을 잔다

며칠이 지났지만
흰 침대 시트는
주름 하나 없이 매끈하다

이제야 알았다
주름진 시트가
삶의 흔적인 것을

삶이란 때론 흐트러지고
구겨진 것이 아닌가

용서하시게
잠이 떠난 매끈한 시트 위로
구겨진 물소리 들린다

바다는 눈길도 주지 않았다

바람이 불어온다
빈둥거리던 배는 무슨 억한 심정인지
바람이 지나가는 길에 큰 돛을 올렸다
어처구니가 없다는 듯
바람은 힘껏 돛을 밀었다
배가 떠밀리듯 미끌어졌다
심술궂은 돛은 방향을 움직이며
연이어 바람길을 막았다
참던 바람은 꼭지가 돌아
더 세게 돛을 밀어붙였다
바람과 돛이 어리석게 다투는 사이
배는 아랑곳없이 그곳을 향해 살처럼 달렸다
바다는 눈길도 주지 않았다

조화, 박제된 슬픔

언제나 그 자리에 있네
아름다운 그 꽃 변함이 없네
시간이 꽃 속에 멈춰있네
성장을 하고 짙은 화장으로
화사한 여인같이 내 앞에 있는 꽃

곁에 있는 꽃을 시샘하고
시간 따라 메말라가고
부스스한 민낯을 보여주는
그런 감정의 흔들림을 부러워하는 꽃

꽃빛이 바래어지지도
시들지도 못하는 형벌 같은 꽃
기다림과 설렘도 없는
무표정한 마네킹 같은 꽃
박제된 표정으로 아픔을 숨겨
더 슬픈 꽃